目次

JN155915

カバー装画／本文カット
尾形光琳
The Metropolitan Museum of Art, New York

装丁
高林昭太

句集

ひとり

瀬戸内寂聴

ひとり

俳句抄

紅葉燃ゆ旅立つ朝の空《くう》や寂

鰭酒や鬼籍となりしひとのこと

小さき破戒ゆるされてゐる柚子湯かな

柚子湯して逝きたるひとのみなやさし

生ぜしも死するもひとり柚子湯かな

雲水の花野ふみゆく嵯峨野かな

寂庵の男雛は黒き袍を召し

氷柱燦《さん》爛《らん》訪ふ人もなき草の庵

曼《まん》荼《だ》羅《ら》華《げ》降る経をあげ庵の春

梅のわかれせし人はみなやさしかり

ペン置けば深夜の身ほとり冴え返る

二《に》河《が》白《びやく》道《どう》駈け抜け往けば彼岸なり

はるさめかなみだかあてなにじみをり

春雨や伽羅《きやら》たけば今朝指匂ふ

天《あめ》地《つち》にいのちはひとつ灌仏会

天指したまふお指の細き花まつり

花おぼろ第二の性を遺し逝く

悼ボーヴォワール

雛飾る手の数珠《じゅず》しばしはづしをき

子を捨てしわれに母の日喪のごとく

もろ乳にほたる放たれし夜も杳く

羅の緇《し》衣《え》の袂に螢拾ひため

すててこそ虹たつ今朝のかぎりなく

初恋も海ほほづきの音も幽か

秋時雨烏帽子に似たる墓幽か

身ほとりのものの芽ばかり数へをり

七草籠《かご》子なき夫婦の声は似て

落籍《ひ》かされし妓《こ》の噂など四日かな

ひとり居の尼のうなじや虫しぐれ

ひと言に傷つけられしからすうり

鳥渡る辛い手紙を読みさして

寂庵に誰のひとすぢ木の葉髪

釈迦の腑の極彩色に時雨けり

火葬炉の鉄扉の奥に虎落笛

仮の世の修羅書きすすむ霜夜かな

雪清浄奥嵯峨の山眠りけり

おもひ出せぬ夢もどかしく蕗《ふき》の薹《たう》

ろまんちつく街道旅の涯に野火

出離へのわが旅清め野火熾ん

標的を朝日まづ射る寒稽古

半世紀戦後の春のみな虚し

ぼうたんのうたげはをんなばかりなり

戦火やみ雛《ひひな》の顔の白さかな

生かされて今あふ幸《さち》や石蕗《つわ》の花

菜の花や神の渡りし海昏く

をとめらの足首繊し青き踏む

煩悩もあはあはとなり春愁

春逝くや鳥もけものもさぶしかろ

神の留守森羅万象透きとほり

小春なり廓は黄泉の町にして

山新樹法灯不滅天台寺

経《きん》行《ひん》の蹠《あうら》ひややかに踏みにけり

ほたる抱くほたるぶくろのその薄さ

玉蔓ほの匂はせて螢消え

木枯らしや野にも山にも心にも

冬紅葉分け入ればなほ深く

祇王祇女智照尼の墓冬紅葉

司馬遼太郎逝く

雪街道往き往きし涯浄土なり

星ほどの小さき椿に囁かれ

きさらぎや冥の旅路は寒からん

秋冷や源氏古帖の青表紙

反戦の怒濤のうねり梅開く

雛の間に集ひし人のみな逝ける

むかしむかしみそかごとありさくらもち

あかあかと花芯のいのち白牡丹

蝶来たり牡丹開く日は真上

朝ざくら晋山三十年天台寺

思ひ出すことみな愉し木の芽山

花冷や祭のあとの山幽か

群離る胡弓追ひゆく風の盆

若衆踊りさらになまめく風の盆

春逝きてさてもひとりとなりにけり

人に逢ひ人と別れて九十五歳

みちのくの五月の桜淡淡し

菊月の曼陀羅山に虹立てり

鈴虫を梵音《ぼんのん》と聴く北の寺

老いし身も白くほのかに柚子湯かな

落飾ののち茫茫と雛飾る

独りとはかくもすがしき雪こんこん

待ち待ちし軀の中まで天の川

骨片を盗みし夢やもがり笛

法臘は十三にして冬紅葉

珈《か》梨《り》帝《てい》母《も》赤き涙かざくろの実

湯豆腐や天変地異は鍋の外

たどりきて終の栖や嵯峨の春

御《おん》山《やま》のひとりに深き花の闇

エッセイ

露の身と逝きし人

祇王寺の庵主さん、高岡智照尼が遷化《せんげ》されたと報せを受けたのは十月二十二日の早朝だった。その場で支度してとるものもとりあえず祇王寺に駆けつけた。秋冷の空の下に祇王寺の楓が色づく前の緑をひろげ、爽やかな朝日に輝いていた。木漏れ陽の影のゆれる厚い苔はまだしっとりと朝露にしめっている。

大覚寺の僧侶が三、四人早くも集まって、葬儀の相談をしておられた外、人影もない。庵主さんの愛弟子の姉妹二人が泣きはらした顔で出迎えてくれた。

智照尼の居間の六畳には老女が一人ひっそり座っているだけであった。北枕の寝床に仰臥している智照尼は、静かに眠っているとしか思えない。おだやかな美しい死顔だった。

いつの間にか智照尼と二人きりになっていた。私は低い声で阿弥陀経をあげた。十数年前の高島さんの葬儀の日の記憶が鮮かによみがえってきた。出家以前から智照尼に傾倒しきって、あがめ仏とあがめ、春琴に仕える佐助のように奉仕した高島さんは、自分でも佐助といい、人にもそう呼ばれることを喜んでいた。

「庵主さんをわしの手で手厚う見送ってから死にますのや。それまではわしは死なへん」と、日頃口ぐせにしていたのに、ふとした病気で早く先立ってしまった。棺の前で智照尼は経もあげず、思い出したようにひっそりと棺の蓋を撫でていた。

高島さんの縁で、智照尼のその後の世話をし続けた孫のようなやさしい姉妹を、死の前夜枕元に呼び、「長いこと、よう世話してくれた。ありがとう。お礼をいいます」と言われたという。「親のぬくもりを知らないのに、こんなに長生きさせてもらって」とも続けたとか。辞世の句を口うつしに書かせたというのを見せてもらった。

「露の身とすずしき言葉身にはしむ」

私はそれを、その場で描いた智照尼の死顔のスケッチの横に写させてもらった。

「墨染のわが初姿萩の前」

三十九歳の秋、久米寺で出家した日の智照尼の句を思い出す。あれから九十九歳のこの秋までの智照尼は、何という清らかで幸福な歳月を送られたことか。心からその見事な生と死をうらやましいと思う。

侘助の人

「田村俊子」を書いたのは、小田仁二郎、田木敏智、鈴木晴夫の四人ではじめた同人雑誌「無名誌」からであった。この雑誌は、題名のない雑誌で、表紙にも中にも題がなかったので、便宜上誰かが「無名誌」と呼んでくれるようになっていた。その前に私たちは「Z」という名の雑誌をつくっていたから、後は題がないという、ちょっとふざけた意味も、もうここから引きかえせないという開き直ったところもあった。

それに第一回の田村俊子の「東慶寺」を書いた時、文藝春秋の車谷弘氏からお便りをいただいた。もし書きつづけるなら、本にしてあげようというものであった。

「田村俊子」は、つづいて「文学者」に連載させていただく話も決った。

車谷さんにはじめてお逢いしたのは何時だっただろうか。その頃、車谷さんは職場では出版部長をされていたのではないかと思う。

もとの銀座の文藝春秋の出版部の部屋の片隅の机が、車谷さんの席で、私はそこではじめて車谷さんに逢った記憶がある。

やせた上品な紳士で、物腰は慇懃だが、鋭い神経質な目をしている人だと思った。とっさに猛禽類を連想した。

その時はもう連載が終って、最後の打合せに行ったのではなかっただろうか。

二十分もいなかったような記憶がする。

丁寧に事務的なことは話されるが、ほとんど笑わない端正な顔と向いあっていると、こちらも固くなってしまって、話の接穂がなくなってしまって早々に引きあげたのではないだろうか。

話の中心は装幀のことで、氏は装幀を御自分でして下さるという話であった。

初版は一万二千といって下さったが、実際には三千部からだった。無名の新人の出版としては当然のことで、私はむしろ有難く思ったと同時に、車谷さんが、私の「田村俊子」を、過大に評価して下さったことが身にしみて、その部数が印象に残っている。

車谷さんはもともと装幀に趣味を持っていられた方だと、後に次第にわかってくるが、この時は全くそういうことを知らなかったので、わざわざ、氏御自身が新潮社におもむかれ、大正時代の田村俊子の本を参考にして、古風なイメージの本を考えて下さった時は愕いてしまった。アイデアは、そんな次第で車谷さんのものだったが、箱の絵を描いて下さったのは谷内六郎氏で、それは、古風な中にモダンな味のする上品なものであった。

その装幀は、車谷さん御自身大そう気にいっておられた。

車谷さんは、文藝春秋に勤める傍、「銀座百点」の編集もされていて、やがて、その雑誌に、「一筋の道」という職人をインタビューして随筆を書くという連載をさせてもらった。これは三年くらいつづいた。その間、私は今から思っても実にまめに、職人を訪ねて、話を聞いて廻った。その後、そういう本が次第に書かれるようになったし、雑誌でもよく取上げるようになったが、私がその仕事をする頃、参考にしようと、その種の本を探した時はほとんど見つけることが出来なかった。

そのアイデアもまた、車谷さんのものだったから、先見の明があったといってよいだろう。一種の職人物ブームのような現象をおこしたといっていい。

その本も文藝春秋でまとめて下さったが、装幀はやはり車谷さんだった。藍と白の竹の模様の箱で、実にすっきりとしていた。いつでも車谷さんの装幀はすっきりとして品がよかったが、どこか素人くささがあり、本屋では目立たない。

この本も、御自身大そう気にいっていられた。

そんなおつきあいの中で、私は次第に氏の人柄にふれていった。社員の中では、煙たがられ、神経質でこまかくきびしいという評判も聞いていたが、私は一度も、氏のそんな面に触れたことがなかった。

よく文壇俳句の会や、「銀座百点」の句会に誘って下さり、そこで私は、はじめて氏が俳句の名手であることも知った。

趣味が広くて、長唄だか、清元だとかの会のおさらい会に出演され、それも誘われたが、私は何かの都合で行かれなかったので、氏の御自慢の咽喉は聞いていない。円地文子さんが出席され、和服姿の車谷さんの批評をしていられた。

車谷さんから私は木山捷平氏を紹介していただき、晩年の氏と仲よしになった。私は木山さんの俳句の弟子ということになり、ある文壇句会で、久保田万太郎氏が、

門下にも門下のありし日永かな

と詠まれ、その色紙を下さった。この句は後に少し改作されたと聞いているが、私のいただいた色紙はこの通りであった。

その頃から、よく円地さんと二人、御馳走になることがあった。たぶん、目白台アパートで、二人がてんやものなどでろくなものを食べていないのを知られて、栄養補給をしてやろうと考えられたのではないだろうか。

車谷さんの何となくしゃれた粋な感じはどこからくるのかと、わからなかったが、やがて、さりげない身の上話から、富山の薬のあきないに、富山の商人が下田へ来て、下田の芸者さんと一緒になって、伊豆に家を構えてしまったのが車谷さんの御家だという話を聞かされた。

ある日、大そう恐縮しながら、車谷さんの故郷の富山の海辺の町へ講演を頼まれたことがあった。

「私が御案内しますから」

といわれていたのに、当日になって風邪で行かれないと通知があった。

私は旅なれているので一人で行くのが苦にならなかった。講演は嫌いだけれど、車谷さんの依頼にはそむけないという気があったので、すんなり引き受けたものであった。

その町は、実に静かないい町で、旧い大きな邸ばかりが並んでいた。子供の頃からなじんでい

る富山の薬売りとは、この町から、全国へ派遣されているのだと聞かされた。

車谷さんの御実家はこの町の大きな薬問屋さんだったという。

沖にはほたるいかの出るのが名物だということで、日本海の暗い沖に、ほたるいかが星をばらまいたように見えるという話を聞き、それを見て育った車谷さんの先祖に宿った詩魂に思いをはせた。

無事講演を終えましたと報告の電話を入れた時、車谷さんはひどく恐縮された。私はなぜか、車谷さんの風邪は仮病だったのではないかと、その時ふっと感じた。

自分の家郷の町へ、講演者を引きつれて行き、会の後、町の有志たちと、料亭で食事をするという雰囲気に、車谷さんのはにかみがあって、当日まで思い迷ったあげく、つい仮病とも本当の病とも御自身みわけ難い症状が肉体にあらわれたのだろうと想像出来た。

高所恐怖症で、異常な地震恐怖症だということも、その頃ようやくわかってきた。

車谷さんの俳句は、文壇句会でも、「銀座百点」の句会でも、いつも高点を獲得された。『侘助』という句集をいただいたとき、こちらがお祝いしなければならないのに、なぜか私の方が「吉兆」で御馳走になった。いつも御一緒の円地さんが、そのとき何かの都合でいらっしゃれず、私は車谷さんとふたりで昼下りの「吉兆」の薄暗い小間で、さしむかいになった。床の間に、白い侘助の花が一本いけられていた。いち早くその花に目をとめられ、

「こういううれしい気配りを、さりげなく見せてくれるんですよ、ここの女将《おかみ》は……」

私もかねがね大好きな女将が挨拶に来て、なごやかな話をした。

「いい雰囲気ですね、おふたりのお座敷……なんとなくお似合い」

女将がお月様のような丸顔にわざといたずらっぽい微笑を浮べて、粋な雰囲気を醸《かも》そうとした。私は女将の演出に乗ったふりをして、ひっそりつかの間の逢引をしている男女のような気分を見せようとしたが、車谷さんがまともに照れて赧《あか》くなっていられるのを見て、なんだか自分も上気してくるような気がした。

車谷さんの母上はまだ二十代の若さでなくなられたとか。お葬式はほたるいかの出る海辺の町であり、少年の車谷さんは、その土地の習慣で、青々と剃りあげた小さな頭の母上の仏になられた姿を見られ、強いショックを受けられたという。

私が剃髪してまもなく、京都に見舞って下さり、私の頭を見るなり大粒の涙をこぼされた時のお顔が忘れられない。その時はじめて、私の青い頭を見ると、母上の死顔のことが思い出されると伺ったのであった。

なくなる数カ月ほど前、文壇句会の展覧会の色紙を集めに突然見えられ、私の彫った稚拙な観音像をどうしてもといって持って帰られたのが、お別れであった。ご病気と伺ったがそれほどの重症とも知らず、一度のお見舞もしないうちに四月十六日、春と共に去って逝かれた。

知らぬ月日

初暦知らぬ月日は美しく

吉屋信子さんの句である。吉屋さんは大衆に愛されたベストセラー小説の名手であったが、余技として俳句をたしなまれ、その方でもすばらしい才能を発揮されている。

新しい年を迎える度、私は吉屋さんのこの句が口をついて出る。

戦前、暦は日めくりと呼んでいた。三百六十五日の暦がとじられていて、それを一日の終りに一枚ずつめくっていく。

いつか、この日めくりがなつかしいと随筆に書いたら、日本国中から日めくりが贈られてきて、どうしていいかわからないほど、家じゅう日めくりの氾濫になったことがある。忘れられないなつかしい想い出である。

吉屋さんの句の初暦も、私にはなんだか昔の日めくりのような気がする。

日めくりを一枚めくり取る時は、その日一日はすでに過去と葬られる。今日一日のさまざまな喜憂は、わが胸にたたみこまれている。新しい明日はまっ白で、何がそこに起るかわからない。まだめくらない初暦には、一年間の未知の出来事と運命がびっしりつまっているのだ。

吉屋さんの詩魂は、そのまだ知らぬ一年の月日を、美しいと憧れるのである。

現代の暦はカレンダーと呼ばれるようになって、一月ごとか、三ヵ月ごとか、中には半年ごとに造られている。それでも初暦は、それぞれに未知の運命をかくしてしらじらと光っている。

私たちは自分の未来の運命を知らない。夜、眠りにつく時、明日は必ず目覚めるものと思っている。健康な人ほど、そう信じている。私はエイズの患者さんの入院している病院へ見舞ったことがある。その時、もう重症になっていたその患者は、

「深夜、廊下の外を死んだ仲間が運ばれていくストレッチャーの音を聞くことがあります。あ、また誰かが死んだ。今夜は自分の番ではないかと思うと、寝られなくなるんです」

と訴えた。しかし、その人は私にそういった後、半年ほど生きつづけた。

人の寿命は本人にはわからない。それが恩寵《おんちょう》でもあり、劫罰《ごうばつ》なのかもしれない。

明日は何が起るかわからないのだから、そこに美しいもの、愉快なものが待ち受けていると思う方が、今夜の眠りは安らかである。

吉屋さんはいつ会っても好奇心が強く、いきいきとして、誰に対しても愛想がよかった。超売行きのいい大作家なのに、どんな末輩に対しても、同じ立場で物を言いかけて下さったし、こまやかないたわりを示して下さった。

新しい年を迎える度、想い出すこんな美しい句を遺して下さった。

おはんさんの花供養

地唄舞《じうたまい》の当代第一の名手、武原はんさんは、昨年米寿を迎えられた。* その舞台の妖艶さを見れば、とても米寿などという年齢は信じられない。しかもその精進ぶりは衰えるどころか、年と共に益々熱を加え、芸の深さは神韻縹渺《しんいんひょうびょう》として、観る者を天界につれだしてくれる。

いったいおはんさんは、幾つまで舞いつづけられるのだろうと、誰もがその舞姿に魅せられた後でため息をつく。

おはんさんと私は、同郷で同じ新町小学校の卒業生である。その御縁で、米寿記念に『舞仏心』というすばらしい御本を頂戴した。

おはんさんが舞の外に、俳句をよくされることは知られているが、大へんな信心家だということは、あまり世間では知られていないのではないだろうか。

『舞仏心』には、おはんさんが昭和十二年からはじめられた写経が一冊に収められていた。高野山の大僧正柴田全乗老師の御導きを得られて後、ずっとたゆまず励まれた行の跡である。

一番最初は「南無妙法蓮華経」という題目だけを書きつづけられている。『般若心経』も『観音経』も『阿弥陀経』もある。
銀の舞扇に、朱筆で写された『観音経』の偈《げ》があった。その扇が稽古に用いられたものか、使い傷みの跡がありありと見えるのがひとしお尊く思われた。おはんさんの舞姿が美しいのは、祈りと共に舞うからなのかと納得させられた。そう思うと、

舞初めや心にしかと念じつつ
舞いに生き舞に死なんと初願い
そむかれてこれも仏縁去年今年
舞扇ふるえ止まずよ八十路とは

などという句がしみじみと心にしみ透ってくるのであった。

書初の紺紙金泥《きんでい》陀羅尼《だらに》経
金泥を解く指細き冬の朝

そんな句もちりばめられている。おはんさんの写経は紺地の紙に金泥で書いたものも多い。それも漢字ばかりでなく、陀羅尼を梵字で書いたり、梵文のお経を写したりしてある。更に一字の下に蓮の花を描く種子《しゅし》蓮台経《れんだいきょう》という形式のものもある。いかにも美しい人の写経かなと思わせる芸術

的なもので、おはんさんは写経まで、行の域から自分を愉しますす芸術の方にひきこんでしまっているると感じさせられるのである。
おはんさんの背骨には、美意識という思想が一本通っているのだろう。中でも『千日供華』という全六巻の写経は珍しいものであった。これはおはんさんのよき人だった方の御霊に捧げたもので、千日間、毎日絶える日なく、仏前に一花を供するという行である。千日千花の供養は、最上最高最極最勝の行だと仏も説かれているが、それを知る人も行う人も少ない。おはんさんは発願以来、一日の懈怠《けだい》もなくこれをなしとげられた。

五月四日　至心皈命《きみよう》懺悔　菖蒲　紫
五月五日　至心皈命懺悔　芍薬　うす紅

というように、千日間の供華の名と色を写している。何という美しい写経であろうか。千日間の花の名と色を眺めていると、そこに目も彩な花浄土が浮び上がり、その中に在す亡き人のおだやかな微笑まで見えてくる。
そして供華をする人がすでに光り輝く観世音に化身していることを思いしらされるのであった。

*平成十年（一九九八）死去。九十五歳。

あの人が・江國滋

江國さんは癌告知を受けてすぐ、電話で私にそれを知らせてきた。

「医者が何と言ったと思いますか、高見順と同じですって。ヒドイでしょう、そんな言い方って」

その口調はさほど激昂《げっこう》もしておらず、告知されたのが自分でなく第三者のような話し方だった。これは江國さんの自分に関してのことを話す時の独特の話し方で、客観視したり、客観描写をして、自分の照れやショックを隠そうとするのであった。まるで最近食べた美味しい酒の肴《さかな》の話でもしているような、事柄の面白さを舌なめずりして反芻《はんすう》している感じの話術に、聞いている方も、「高見順」ショックをなだめられ、病院で無神経な医者と、神経過敏な患者との告知場面を、目で見ているように感じ、笑い声をたててしまったりする始末であった。

ここ数年来、私は江國さんから爆弾的告白や内緒話を聞かされることが多かったので、そんな話に比べたら、癌告知というのは、まだありふれたことのようにさえ感じていた。また、ここ数年間に、あまりにも私は親しい友人知人の癌闘病を目の当りにし、結局は死に至る状況を眺めすぎていて、ガンという言葉が、感冒くらいに日常的に感じるほど、感覚が鈍麻してもいたのだった。

江國さんの声は例の低いもそもそした調子で延々とつづき、なかなか切れなかった。その間に私はこれは大変だというショックが改めて戻ってきて、胸が痛くなった。

「でも、これで俳句の決定版の大傑作が生れるでしょう。それをやらなきゃ」

と言った。その言葉を待っていたように、一呼吸も入れない速さで、

「そう、そうですよ。もう作りはじめています。これはなかなかいいものですよ。いくらでも作れるんです」

「命をかけたものは傑作に決っています」

「そうか、命をかけてるのか」

江國さんはその後、急に沈黙した。

電話が切れてから、私は居ても立ってもいられなくて、そわそわ部屋じゅうを歩き廻っていた。

考えてみれば江國さんとのつきあいは三十五年も昔にさかのぼる。はじめて「週刊新潮」に「女徳」を連載した時の係りが江國さんだった。私は目白台アパートに移ったばかりで、一九六二年（昭和三十七年）十月であった。江國さんはまだ入社後、そう経っていない新米編集者の筈だったが、風貌も物腰も、老成していて、大ベテランのようであった。はじめ私は脅えていたが、ある時、私より一廻り以上も若いと知って、急に安堵し、我ままになって、すっかり親友のようになってしまった。

その後、また「女優」の連載で江國さんの世話になった。この時はモデルが嵯峨三智子さんだったので、今、嵯峨さんが帰ったばかりだと、電話で告げると、江國さんは、

「瀬戸内さん、その、嵯峨三智子の坐ったソファーの後に、誰も坐らせないで下さい。ハンカチかけておいて下さい。僕がすぐ行って坐りますからね」

と言う。冗談かと思ったら、本当にすぐやってきて、満足そうに女優の坐ったお尻のあとを撫でて、そこに腰を下ろし、泰然と反りかえった。

私はそんな、風貌に似ずユーモアのある江國さんが大好きになった。「新潮」では田邉孝治さんが係りで、この人は厳しい編集者だが、講談に凝っていた。江國さんは落語に凝っていた。私は二人のおかげで、この世界のことも少しは教えてもらって愉しみが増えた。

「女優」の連載中、長女、香織さんが生れた。結婚して子宝に恵まれることの遅かった江國さんに、私は京都に夫婦で手をつないでその石をまたげば子供が授かるという子生れの石というのがあると聞きこみ、早く実行するようにと教えた。そんなバカなと、江國さんは私を嘲笑していたが、なぜか、その後、二ヵ月もたたず、江國夫人が懐妊したと、消え入らんばかりの表情で報告した。今でも私は、二人で石をまたいできたのではないかと疑っている。その香織ちゃんの書いた童話を読んだ時、私はその才能の見事さに感動して、すぐ電話で、「娘の方が親より大器だ、これは大物になる」と断言した。江國さんは口では怒ったが、とても嬉しそうだった。私の予言は見事適中して、香織さんはほんとうに小説家として順調な成長をとげ、文学賞も次々とり、今やベストセラー作家となっている。

カードマジック、絵画、俳句と、江國さんの多趣味はすべてかい撫でではなく、どれもプロ級である。特にカードマジックの才能に至っては、何度見せられても鬼神ではないかと恐れ入って尊敬してしまう。私の驚く顔が見たいのか、江國さんはよくカードを切って、私を慰めてくれた。

俳句は私は一応束脩《そくしゅう》も収めて弟子入りをしたのだが、二回しか見てくれなかった。弟子の才能を見限ったのであろう。

私は尼になって以来、あの世を信じているので、親しい人が死ねば、ひとり号泣するけれど、その後は、あの世に魂を解き放たれた死者を羨む気持の方が強くなり、いいな、羨ましいな、今頃、誰と喋ってるだろう、誰と呑んでるだろうなどと想像して、いつまでも取り残されている自分が惨めったらしく見えてきてならないのだ。

江國さんのお葬式、告別式は千日谷会堂で行われ、私は生れてはじめて葬儀委員長というのを勤めた。また一回り小さくなった勢津子夫人と病院へのお見舞い以来お逢いし、切なくてたまらなかった。この優しく、辛抱強く、行き届いた夫人あってこそ、江國さんは人生を存分に愉しめ、また堪え難い闘病の苦痛にも、半年も耐え抜かれたのである。

勢津子夫人から手渡された骨壺の箱の意外な重さにどきっとした。

「ほら、最後にびっくりさせてやりましたよ」

江國さんの笑っている遺影がそういって私を見下ろしているようであった。

生き長らえるということは、愛する人々の死を見送る辛さを劫罰として受けることのようである。師匠の句の真似をして弔句ひとつ。

あの人があの人がガン死夏終る

可愛い怪物

鈴木真砂女*さんの俳句は、小説で言えば「私《わたくし》小説」のようなもので、「私俳句」とでも呼びたいようである。

真砂女さんの俳句はどれを採っても、作者の心が力強く俳句の中心を貫いていて、そのなまなましさを、季語という美しい着物がふんわりと包みこんでいる。季語という美しい着物のどれを選ぶかが、真砂女さんの至芸で、実に洗練されている。

真砂女さんの句が私小説的だというのは、真砂女さんの九十一年の生きてきた生涯が、波乱に富み、しかも運命の波に流され溺れることなく、自分の身一つで、見事泳ぎきったその力技《ちからわざ》に、輝いているからである。

現在の真砂女さんは、今や俳壇の長老というより、現在最も輝いている俳壇のスターである。何の世界でも、スターは美しく、魅力的で、才能があふれていなければならない。

真砂女さんはそのすべてを一身に具えているのである。一米《メートル》四十糎《センチ》ほどの小柄できゃしゃな体の、どこにその精力があるのかと思うほど、しなやかで強い力がみなぎっている。

六十年にも余る句作歴の中に、真砂女さんは自分の人生の喜憂のすべてを織りこんだ。二度の破れた結婚も、道ならぬ恋の切なさも、それにも勝る歓びも。

それを俳句にする時、真砂女さんの眼は冷静で、客観的で、写実に徹している。決して自分を甘やかして見ないし、自己弁護を一切しない。風や雨や晴れた空の白雲を描くように、淡々と自分の心情や運命の変化を捕えている。どこにも気取りやてらいや新奇を狙う野心などがうかがえない。

これは、真砂女さんの天性の性質のおおらかさに依るものだろう。句の明るさと品の好さもまた、作者の性格の反映であろう。

もはや真砂女ファンの中ではほとんど知られ尽している、その波乱に満ちた生の軌跡も、真砂女さんにとっては何一つ無駄にはしない肥料となった。その肥料あってこそ、真砂女さんは見事な真砂女俳句という大輪の花を咲き匂わせることが出来たのである。

三百年も続いた由緒のある旅館の娘として生れ、何不自由ない幼年期をすごした真砂女さんは、相思相愛の恋を実らせ、日本橋の豪商店の若旦那のもとに嫁ぐ。

顔も覚えない時、生母を失ったという不幸を除いては、人も羨む青春と結婚であった。ところが最愛の夫は一片の書置きも残さず、突如蒸発してしまう。

ここから急転して人生は狂いだし、姉の急死で、心ならずも姉の夫だった人と再婚し、実家の旅館の若女将となり、その夫を裏切っての止むに止まれぬ不倫の恋に走る。相手は七つ年下の海軍士官。後で気づいた時には妻子があった。戦時中である。現在のような不倫ばやりの時代とは違う。姦通罪も活きていた頃だ。まさしく命を賭けた恋であった。
その恋ゆえ、着のみ着のままで生家を追われ、女一人で小料理屋「卯波《うなみ》」を開く。その間も、命の綱の恋は捨てない。悪女と呼ばれても奸婦とののしられても、真砂女さんはひるまなかった。いつでも小さな頭をすっくと上げ、背骨をしゃんとのばし、わが道を歩き通した。それを支えたのは、俳句というしなやかだが、したたかなバックボーンであった。

ひとまはりちがふ夫婦《ふうふ》や更衣《ころもがえ》
罪障のふかき寒紅濃かりけり
女三界に家なき雪のつもりけり
人のそしり知つての春の愁ひかな
羅《うすもの》や人悲しますます恋をして
口きいてくれず冬濤《ふゆなみ》見てばかり
羅や細腰にして不逞なり
螢火や女の道をふみはづし
花冷や箪笥の底の男帯
いつの日よりか恋文書かず障子貼る

こうして手当り次第抜きだしてみても、真砂女さんのどの句にも、人生のドラマが、わずかな句文字の中に、凝縮している。

どの句からも、一篇の小説がたちまち生れそうなドラマ性がある。しかもそれは空想のドラマではなく、作者が生き身で演じてきた実人生の、どこを切っても血のふきだすドラマなのである。恋に身を灼くだけでは生きられない。

貧乏を知らずに五十年生きてきた真砂女さんは無一物から生活のために店を開いた。すべては人の好意による借金が資本であった。

降る雪やここに酒売る灯をかかげ

私は真砂女さんの、

恋を得て螢は草に沈みけり

のような妖艶な句にも感動するが、生活の場の「卯波」の女将の日常を詠んだ句も大好きである。

人は盗めどもものは盗まず簾《すだれ》捲《ま》く

というような句をつくった人が、

水打つてそれより女将の貌となる
海鼠《なまこ》買ふ人差指で押してみて
わが店の酒は辛口夕時雨
ビールくむ抱かるることのなき人と

真砂女さんの人生は真剣で一途で命がけであった。真砂女さんの俳句もまたそのように作られてきた。

九十一歳の真砂女さんの、現在の美しさ、豊かさはどうであろう。

　今生のいまが倖せ衣被《きぬかつぎ》
俳句で読売文学賞を受けたことを語る時、真砂女さんの白い頬に薄く紅《くれない》が上り、少女のような純な表情になる。

白寿も百十歳も生きて、ますます輝きつづけてほしい女《ひと》である。

「私は欲がないから、ここまで来られたんですよ」

涼しい顔でいう真砂女さんが、私には時に不思議な怪物に見えることがある。何とまたそれは可愛らしい、いとしい怪物であろうか。

＊平成十五年（二〇〇三）死去。九十六歳。

雪清浄

嵯峨野は雪が多い。まだ在俗であった頃から、私は雪が降りだすと、車を飛ばして嵯峨野の雪を見にひとりで来ていた。

春や秋の観光シーズンは、もうそろそろ人で埋まりかけるようになっていたが、冬枯れの嵯峨野を観光の目的で訪れるほど風流な人は少なく、いつの時も、私はひとりであった。千代の道のあたりで車を捨て、私は、雪の中にひとりで入っていく。右京の西大路御池通にあったその頃の家から嵯峨野まで、車で十数分もかからなかったが、家で雪の降りだすのを見て、嵯峨野にたどりつく頃は、たいてい目の前に紗幕《しやまく》をおろしたように雪が降りこめ、風景は雪のとばりの向うで幻のように霞むのであった。竹藪も、畠も川も、そして千年の昔のままにある遍照寺山も広沢の池も晴れた日とは異り、白く揺れる紗幕の向うで縹渺《ひようびよう》とひろがっている様は、ふと、記憶にない前世とは、こんな有様ではなかったかと思われてくる。

寂庵へはじめて入ったのは十二月の末であった。まもなく年があけたある朝、何気なく雨戸をくると、目の中に白いまぶしい光が飛びこんできた。夜のうちに降りしきった雪が戸外を銀世界に塗りこめていたのだ。

まだ庭木も入っていない庭は、むきだしの土や、運びいれたままの大小の石がころがり、無慚《むざん》な有様であるのに、雪におおいつくされ、広々とした原野のように見えた。門の外に出ると、雪は嵯峨野を埋めつくして、日頃は遠い双ケ岡や東山の峯々まで白くきらめき近づいているように見える。人っ子ひとり通らない畠のあぜ道を、野良犬なのか、一匹のやせた犬だけが狂ったように走っていた。

仏教のことばでは、美しく飾ることを荘厳《しょうごん》ということばであらわす。すべての現世の醜いものを純白の雪でおおいつくした有様こそ、まさに荘厳と呼ぶにふさわしい清浄の世界であった。

その年も次の年も、嵯峨の冬は厳しく寒く、よく雪が降った。京都の市中では晴れている日でも、嵯峨に雪の降ることは珍しくなかった。冬が好きで雪の好きな私はこれも出家したおかげだと喜んでいた。雪は好きだけれど、私は雪国に暮そうとは思わないし、雪山で目にサングラスをかけずにいられないような雪の中で過すのはあまり好きではない。いつ降るかしれない雪を待つ暮し方が好きなのであって、夜、眠っている間にしんしんと降りつもる雪に、朝、おどろかされる、決して馴れることのない新鮮な感動にたまらなく惹かれるのである。

嵯峨では雪が二日も三日も降りつづくというようなことはない。降って、すべてを白銀の世界に埋めつくした雪が今にも消えはてるかもしれないから、その雪景色がいっそう目にも心にもしみるのである。

ある雪の朝、私は遠くから聞えてくる何かの声を聞いた。

「おう、おう」

とも、

「ほう、ほう」

ともそれは聞えた。獣の声のようにも人の声のようにも思われた。近づくにつれ、それがひとつの声ではなく、いくつもの声だということが聞きわけられた。その時はもうまさしく人の声だと判明していた。

声は雪の畠を越えてくる。持仏堂で朝の勤行をしていた私は、縁に出て声の方を眺めた。白い雪の畠の中の道を一列になって数人の雲水《うんすい》が歩いてくる。笠を目深にかぶり、僧衣の袖を前にあわせて粛々と歩いてくる。

雪に映えて彼等の黒い影は渡り鳥の列のように見えた。あの大きな袖を広げて、今にも先頭の雲水から、大空へ翔びたっていくのではあるまいか。

彼等は畠を渡りきり、寂庵の門に立った。

声をあわせて、

「ほう、ほう」

と呼ぶ。私は門をあけ、招じいれた。雲水はもうずいぶん歩いたと見え、素足につけたわらじはずっしりと雪水を吸っていた。白い脚絆も泥のはねが上り汚れている。

雲水に茶菓子を接待し、休息をすすめるのは寺の礼儀でもあろう。

彼等は行儀よく門を入って来て、一列に並び笠をとって低頭した。

笠からあらわれた顔はみんな若々しく童顔と呼ぶにふさわしい。

お茶を出し、お菓子をだしても、行儀よく押し頂いて、無言でおとなしく食べる。ほとんど寺の生れで、大学を出て修行に入っているのだという。嵐山の天竜寺の雲水さんたちであった。

天竜寺は雲水さんたちの生活費は、ほとんど托鉢でまかなっているという。釈尊の昔から、出家者はサンガ（仏教教団）に入って修行し、ひたすら仏教の道をきわめようとする。そこでは生産はしない。彼等の修行に対して在家の人々が布施をし、それによって着るものも食べることもまかなう。

自分たちに代って、自分たちに出来ない修行をしてくれている人たちに、布施することが在家者にとっては徳を積むことになり、大乗仏教の実践倫理、六波羅蜜《ろくはらみつ》の第一のものにあげられていた。布施する人は僧侶にとっては旦那であった。

生産活動の出来ない僧たちの方では食物や衣類を在家者に乞い、最低生活をまかなわなければならない。僧のことを比丘《びく》、尼を比丘尼《びくに》というが、比丘という語はもともと梵語ビクシュの音写したもので、ビクシュは食物を乞う者すなわち乞食《こつじき》となる。また『仏教語源散策』（中村元編）によれば、乞食の原語は、サンスクリット語のピンダ・バータで、ピンダは球形を意味することから、米などでつくったお団子のようなものをいい、転じて一般の食物や日々の糧から施食などを意味するようになったという。バータは落ちることで、ビンダ・バータは食物が鉢のなかに落ちることで、修行僧が鉢を受けた食物をも意味するようになったとある。そこから托鉢の語も生れた。

乞食は午前中だけ許されていた。釈尊も自ら鉢を携えて乞食に歩いたのである。小さいとはいっても一国の王子であった釈尊が人に物を乞う姿は尊い。僧でもないのに落ちぶれた人間が物を乞い暮すのを乞食《こじき》と呼ぶようになったのもそこから出ている。人に物を乞うということは、自尊心や虚栄心のある人間にとっては、生やさしいことではない。自尊心や虚栄心のない人間などないであろう。だからこそ乞食することも行《ぎょう》の一つに数えられるわけで、禅宗では特に重んじられている。

網代笠をかぶり、法衣に頭陀袋《ずだぶくろ》をかけ、わらじがけで托鉢する孤独なひとりの僧の後姿がある。漂泊の俳人として有名な種田山頭火である。

うしろすがたのしぐれてゆくか

わけ入っても分け入っても青い山

わかれてきた道がまっすぐ

というような哀切な句をつくる山頭火は周防《すおう》の大きな造り酒屋に生れたが、幼い時母が井戸に入って自殺するという不幸をきっかけに、早稲田に学び結婚して子供をもうけても、心が安住せず、家を没落させ、泥酔放蕩《ほうとう》無頼の生き方をして、妻子も家庭も捨ててしまう。そのはてに出家得度した時は四十四歳になっていた。

師に世話された小さな寺にも落着けず、そこも出てひたすら歩き歩き、乞食の行をする。

炎天をいただいて乞い歩く

この旅、果もない旅のつくつくぼうし

　旅から旅へ山々の雪

という様な句にまじって、

　鉄鉢の中へも霰

という句がある。冬の海辺を歩いていた。氷のように冷たくなった鉄鉢の中には二十銭しか布施はなかった。その夜の宿賃にもならない。その時いきなり、霰がたばしって山頭火の笠を音をたてうち、鉄鉢の中へも大粒の白い霰が米のようにはじけて飛びこんできた。山頭火は自分の托鉢の曖昧さを恥じ、見えない何かのむちが霰となって自分を打ちつけてきたように思う。

山頭火は、この句は未完だといっているが、私は好きな句である。

山頭火の故郷の町を訪れた時、生家だという大きな家も見た。たまたま雨で、

　ふるさとの雨はだしで歩く

という句碑も見た。雨の中を寺で傘を借り、山頭火の墓にも詣った。

このごろしきりに巡礼の旅への憧れが強くなっている私は、山頭火の句がこれまでとちがって見えてきた。しょせんは、のんだくれの甘えん坊ではないかという気持が山頭火に対してあったが、行乞《ぎようこつ》しつつ尚、泥酔せずにはいられない山頭火の心の底の淋しさが見えてくるようになった。

　生《しよう》を明らめ死を明らむるは仏家一大事の因縁なり

という修証義の語を前置きにして、

　生死《しようじ》の中の雪ふりしきる

という句がある。絶唱だと思う。

雲水さんたちが訪れたのが縁になって、私は天竜寺へ遊びにゆくようになり、平田老師にお願いして、雲水さんたちと托鉢させてもらうことになった。天竜寺は禅宗だから、一緒に行をするなら、禅宗の僧衣にしなければならない。一揃いつくってもらったら、それは木綿のごりごりした布地で、洗濯機に十回くらいかけなければ、固くて着られなかった。藍染めなので、洗っても洗っても藍が匂う。

愕くほど重くて温かい。

天竜寺の托鉢は朝六時半頃、勢揃いして出かけていく。約三時間ほど町を托鉢する。

笠をかぶっているので、托鉢していても誰も私と気づかない。他の雲水さんに比べて小柄なので小僧さんくらいに思うらしい。

山頭火は托鉢の時、

「財法《ざいほう》二施《にせ》功徳《くどく》無量《むりょう》檀《だん》波羅蜜《はらみつ》具足《ぐそく》円満《えんまん》」

と唱えたらしいが、天竜寺では、ただ、

「ほう、ほう」

と、ほら貝のような声をはりあげるだけである。道を歩く時は一定の間隔を置いて、粛々と歩む。声は「ほう、ほう」という以外は無言でなければならない。

以前はそうしてただ一列に歩いているだけで、向うから人がかけよってきて布施が集まったそうだが、今はせち辛くなって、そんなことをしてくれる人はいない。

ある場所に来ると先達が合図して、各自がばらばらになって、一軒毎に軒に立って声をあげる。いくら声をかけても応じてくれない家はそこをすぎて隣へゆく。

それでも、さすが京都という土地柄のせいか、十軒に六軒くらいは、中からお金やお米を持って出てきて布施してくれる。

私たちは鉄鉢を持たず、首からかけた頭陀袋の蓋を前にさしだしてそこへいただく。

そのまま、深々とお辞儀をしてから、蓋を上げると、お金もお米も、袋の中へ自然にすべりこむようになっている。

つい、ありがとうといいたくなるが、口をきいてはならない。ただ黙々と深いお辞儀をするだけである。

だまってくれる人もあるが、中には向うから、

「御苦労さん」

とか、反対に、

「ありがとう」

と声をかけられることがある。それはたいてい年寄だが、年寄の中には合掌して見送ってくれる人もある。

山頭火の『行乞記』を読むと、金持ほど冷たくて一銭もくれず、くれても、さもうるさそうになげつける。気の毒で早く通りすぎたいと思うような貧しそうな家の人の方が、かえって思いもかけず多くの金を布施してくれたり、家にある米の半分ではないかと思うほど、惜しげもなく米

をくれるとあったが、私が托鉢した時も、全くその通りの経験をした。

大きな邸ほど、聞えないふりをするし、たまたま、その家の奥さんらしい人が庭に出ていても、托鉢の声を聞くと、あわてて中へ入り、ぴしゃんと戸をしめてしまう。中には、内へ入ろうともせず、肥った背を私たちの方に向けたまま、平気で全く無視してしまう人もいる。

お金をくれても、早くおっぱらいたいという表情を露骨に示して、投げあたえられることもある。くれなくても、どんなくれ方をしても、雲水は同じように深々とお辞儀をして去っていく。

まさにそれは乞食行であった。人に頭を下げて、物をもらうことなど、したことのなかった私は、どんなに恥かしく、屈辱的な気分になるだろうかと思っていたが、実際に托鉢してみると、法衣のせいか、全く無心になれて、謙虚に物を乞うことが出来るのであった。

もう出てきてくれないと思って通りすぎていくと、後から息をきらせて追いかけてきて、わざわざ持ってきてくれたりする人もある。

まだ京都では、修行僧に布施して、その日一日を気持よくすごそうという信仰心は残っているのである。くれるお金は、百円から千円くらいまであるが、大方は二百円くらいである。

百円のお金に深々と頭を下げる時、日頃、百円のお金をどんなに粗末にして暮しているかを思い知らされる。

寺に帰りついた時、雲水たちは大きな飯だらいのようなものの中にいっせいに頭陀袋の布施をあける。誰がいくらもらったなどちゃちなことを数えないということも、私ははじめて知った。

何回か托鉢につれていってもらううち、大体カンで、この家はくれなさそうだとか、ここはきっとくれるだろうというようなことがわかってくる。すると無意識のうちに、くれそうな家へ向かっている。ふっと、早くも托鉢に馴れはじめた自分に気づきどきんとする。

はじめて托鉢の布施を二百円もらった時の、不思議な新鮮な緊張感やおののきはどうなったのか。くれるのが当り前のような気分が生れているのではないか。

五十歳になった山頭火が書いている。

「私は疲れた。歩くことにも疲れたが、それよりも行乞の矛盾を繰り返すことに疲れた。袈裟のかげに隠れる、嘘の経文を読む、貰いの技巧を弄する、——応供の資なくして供養を受ける苦悩には堪えきれなくなったのである」

内省のはげしい山頭火は、托鉢する自分の心の中の甘さやずるさが許せなかったのであろう。

私はやがて、一人で托鉢してみた。それは雲水さんたちと列をつくってゆく時よりはるかに難しかった。第一、ほとんどの家で応じてくれなかった。雲水さんとの時は、布施はそっくり天竜寺へおさめるから、何の心の負担もなかったが、ひとりでするといただいた布施のあつかいに自信がないから、かける声にも自信がなくなるのだろうと思った。

布施をもらえるほどの修行をしていないというのが何よりの心のおびえであった。やはり托鉢はそれによってしか食べられない暮しむきをしてこそ、受けられるものであることを悟った。

それでも私は雪が降った朝など、やはりひとりで托鉢行に出かけたくなってくる。ひとりの托鉢は、ほとんど家の前で立ちどまらない、ただ「ほう、ほう」と声をあげながら歩きつづけるのである。

いつのまにか民家はとだえ、私はわらじを雪でしめらせながら、竹藪の道や谷川のほとりを歩いている。

山へ向かって歩き、山にわけいれば、そこにもまた道がある。

笠をかぶっていると誰に出逢っても一介の雲水としかみなされない。

気がつくと私はもう、声をあげず、ただひたすら歩きつづけているばかりだ。

伝教大師も弘法大師も、旅を歩いた。空也上人も一遍上人も遊行しつづけた。西行も歩いた。

後深草院二条も、女の身でありながら、尼となって万里の旅をしている。

出離者はなぜ歩くのか。それはただ歩く行だけが目的ではないだろう。歩くことによって人を救うという目的よりも、歩くことによって、自分を見つめ、自分の信仰を問い返していたのではないだろうか。

昔の旅はすべて命がけであった。今のような気易さで出発は出来ないのである。

それぞれ、何等かの目的や理由はあったにしろ、彼等を旅にいざない出す情熱のかげには捨身への憧れがひそんでいたのではないだろうか。

仏家一大事の因縁として生死の謎をかかえてひとり旅から旅へ歩く時、出離者は最も仏に身近く近づき得ているのではないだろうか。

寂庵の四季も何度くりかえしてきたことか。この年も雪に浄められ、すでに終ろうとしている。

新しい年も雪降りしきれ。私は同行二人の笠をかぶり、雪の中めざし、巡礼の旅に出発するだろう。

初出・出典一覧

露の身と逝きし人……… 「京都新聞」一九九四年十月二十三日
侘助の人……… 『人なつかしき』一九八三年十月／筑摩書房
知らぬ月日……… 「寂庵だより」〈随想〉一九九八年一月一日／寂庵
おはんさんの花供養……… 『生きるよろこび　寂聴随想』一九九一年七月／講談社
あの人が・江國滋……… 「小説新潮」一九九七年十月号
可愛い怪物………鈴木真砂女『人悲します恋をして』角川文庫クラシックス解説／一九九八年四月
雪清浄……… 『寂庵浄福』一九八〇年七月／文化出版局

あとがき

　俳句と関係ができたのは、一九六一年（昭和三六）、初めての文芸書として『田村俊子』が、「文藝春秋社」から出版された時からであった。その原稿に誰よりも早く目をつけ、同人雑誌に書き終わるなり、出版してくれたのは、当時、文藝春秋社の出版部長だった車谷弘氏であった。その本の装丁まで御自身でして下さるほどの気の入れようだった。それ以来、車谷さんは私の文学的成長を見つづけて下さった。車谷さんが「侘助」という俳名で、俳句の作者であることも、その時知った。

　車谷さんはまた、当時、女流文学者の第一人者であった円地文子さんの、御贔屓でもあった。その頃、円地さんは源氏物語の現代語訳に着手されていて、その仕事場として、当時私が暮らしていた目白台のアパートに一部屋を借り、月曜日から金曜日まで、そこで仕事をされていた。部屋には簡単な炊事の出来る設備はあったが、円地さんも私も自炊など苦手で、たいてい、てんや物でごまかし、気が向けば二人で町へ出て食べ歩くような暮らしだった。

　その二人を、ある時、車谷さんが誘いだし、俳句の会につれだした。宗匠は気難しいことで有名な永井龍男氏であった。出席者は、文壇、俳壇の有名な人たちばかりであった。

永井宗匠が、じろりと私たちを見て、

「へえ、変った人物が来たもんだね」

とつぶやき、行儀よく膝を揃えている出席者たちに、

「紹介するまでもないでしょう。あ、若い方は最近、田村俊子を書いた瀬戸内晴美さん」

と伝えてくれた。

円地さんも私もその場で、俳句を作らされた。集めた句を永井宗匠が片っ端から批評して、最高句を選びあげ、その人には何やら紙に包まれた大きな褒美をあげていた。

最後に、円地さんと私には出席したしるしだと、トイレットペーパーを一巻づつくれた。

その後の食事が思いがけなく美味しかった。そこは銀座一丁目の「田村」で美味で有名な料亭だった。私たち二人は、その美味だけにつられて、その後毎月、句会に出るようになった。いつも高点をとって、宗匠からほめられるのが、中里恒子さんと網野菊さんの二人だった。

網野さんの、
　ひとり居の冬の支度や石蕗の花
という句を、今でも覚えている。

一番下手だった人と、次の下手には、トイレットペーパーを一巻くれる。その貰い手が毎回、私と円地さんだった。円地さんを下手の二番目にするため、私はいつも下手の一番目にならなければならない。これもなかなか難しい芸であった。私たちは毎回トイレットペーパーをかかえて

帰りながら、それでもまた次の月も出かけてゆくのである。ひとえに「田村」のご馳走の魅力にひかれてであった。

永井宗匠は、いつも私たちに冷たかったが、ある日、

「円地さんや瀬戸内くんのように、小説が売れている作家には、いい俳句は生れないんだ」

と断言された。さすがに円地さんは怒って、それきりその句会はやめてしまった。もちろん私も喜んで円地さんに従った。

それでも車谷さんは私たちにやさしさをつづけて下さった。

「俳句をやりなさい。小説の文章が引きしまる。それに、短篇は題に困らないよ」

と教えてくれた。それ以来、短篇の題にはしきりに俳句の季語を使ったが、作句はしなかった。「週刊新潮」に初めて「女徳」という小説を連載した時の係りが、江國滋さんだった。今、女性作家として活躍めざましい江國香織さんは、滋さんの長女である。滋さんは多芸で、絵も描けば、エッセイもうまく、トランプ占いが素人の域を超えていた。その中で最も力をいれているのが俳句だった。

私は車谷さんに弟子入を頼んだが、五、六句見ただけで、小説の方がいいと笑って、それきり見てくれなかった。江國さんには、束脩も収めたが、それは受取っただけで、一度も俳句は見てくれなかった。二人とも私に俳句の才能はないと思われたのだろう。

それが突然、俳句を作りはじめたのは、黒田杏子さんとの縁ができてからだった。

杏子さんが、京都・嵯峨野のわが寂庵へ初めて訪ねて見えたのは二十八年ほど前で、私は六十七、八歳だった。

東京女子大の後輩だと名乗った杏子さんは、おかっぱに大塚末子の作務衣スタイルが個性的で、一目で覚えてしまう強い印象を持っていた。広告会社の博報堂に勤めていると話したが、仕事で来た様子でもなかった。それ以来、ふっと風のように訪れるが、女子大の想い出話や、作家の噂話をしてさっと帰って行く。一年ほど経って初めて女子大時代から俳句を作っていて博報堂の有能な社員として重宝されながら、傍ら俳句をつづけているが、そろそろ自分は結社を造りたいと言いだした。私は即座に賛成して、先ず座が必要だろうから、寂庵を使ったらとすすめ、話はとんとんまとまって、人を集めることになった。句会の名はあんず句会がいいと決まった。第一回のために私まで夢中になり人集めに努めた。声をかけたら厭とはいわない編集者や、寂庵へ写経にくる連中や、祇園の女将や芸妓や舞妓まで集めた。有名な京料理店の御隠居もその孫の女子大生もいた。お寺の隠居法師も焼物屋の息子もいた。六十人余りで、二月堂を並べると、お堂がいっぱいになった。

こうして始まったあんず句会は月一回の会毎に、人が集まり、人が去り、本気で句を作ろうとする人々が残って、全国から通う人も多くなった。その場で句を作り、杏子さんが目の前で見て添削し批評する。私も座の片すみに毎回出席して句を作った。中には他の句会で何年も作ってきた人までいた。杏子さんの批評は公平さが際だっていた。遠くから来たとか、病人を置いて来たとか、個人的な事情は一切関係なく純粋に句だけを批評した。杏子さんはすぐに句誌を作り、名前は「藍生」とした。その表紙の題字を私の親しい榊莫山氏に依頼してほしいという。私は杏子さんが直接お願いにゆけば、必ず書いて下さると言い、杏子さんが一人で出かけた。私の予言通り、即、引き受けてくれた。莫山氏が亡くなられた今、その題字はいっそうの値打ちに輝いている。

寂庵での月一回の句会にも全国から人が集まってくる。私も毎回出て、杏子さんに句を直して貰うのが愉しみになってきた。寂庵へお詣りにくる常連も、藍生の同人になり、毎月句会へ集まる。そのうち私は仕事の忙しさで続かなくなったが、寂庵同人たちは、ずっと続いていた。何年かたつと、どの人も別人のように句が上達している。私はとても追いつけなくなっていた。続けるという意味の大切さとその効果を、彼等の句で教えられた。その感動の余り、自分の下手さが恥かしくなって、私は欠席句さえ出せなくなってしまった。あんず句会は、寂庵から二、三、場所を移したが、今では全国に支部があり、会員は数千人を超えている。「藍生」はこの秋、創刊二十七年になるそうだ。杏子さんの力業だと感動する。

私は九十二歳を越えてから、さすがに老衰が日にすすみ、脊髄圧迫骨折をはじめとし、胆嚢癌やら、血管狭窄やらで、胆嚢を取ったり、心臓の手術をしたり、入退院をくりかえすようになり、今日五月十五日で九十五歳になってしまった。まだこの年でも書く仕事は続けているが、連載小説は休みがちになってきた。退院しても横になっていることが多く、いつの間にか鬱状態になっている。はっとそれに気がついた時、死ぬ時はペンを握って机にうっ伏したまま、死にたいと思った。それには自分の余命を愉しくしなければ……その愉しみは何があるだろうと思いめぐらす頭の中に、突如、「句集」という字が浮んだ。ほんの少ししかない自句を集めて、齋藤愼爾さんに句集を作って貰おう、そう想っただけで胸が熱く浮き浮きしてきた。死んだ時、ごく親しい人だけに見てもらえればいい。

百年近い生涯、こうして私は苦しいときや辛い時、自分を慰める愉しいことを見いだしては、自分を慰め生き抜いてきた。

句集の題は「ひとり」。

一遍上人の好きな言葉があった。

生ぜしもひとりなり
死するもひとりなり
されば人とともに住すれども
ひとりなり
添いはつべき人
なきゆえなり

瀬戸内寂聴《せとうち・じゃくちょう》

一九二二（大正十一）年五月十五日、徳島市生れ。旧名・晴美。作家・僧侶。東京女子大学卒業。一九五七（昭和三十二）年「女子大生・曲愛玲（チュイアイリン）」で新潮社同人雑誌賞受賞。一九六一年『田村俊子』で第一回田村俊子賞、一九六三年『夏の終り』で第二回女流文学賞を受賞。作家としての地位を確立し、幅広い文学活動ののち、一九七三年十一月十四日、平泉中尊寺で得度受戒。法名・寂聴。翌年、京都嵯峨野に寂庵を結ぶ。一九八七年より二〇〇五年まで岩手県天台寺住職を務める。旺盛な創作活動を続け、一九九二年（平成四）年『花に問え』で谷崎潤一郎賞、一九九六年『白道』で芸術選奨文部大臣賞を受賞。一九九七年、文化功労者。一九九八年、『源氏物語』現代語訳全十巻完結。二〇〇一年、『場所』で野間文芸賞。二〇〇六年、国際ノニーノ賞（イタリア）を受賞、同年、文化勲章を受章。二〇一一年、『風景』で泉鏡花賞。主要著書に『かの子撩乱』『美は乱調にあり』『青鞜』『諧調は偽りなり』『京まんだら』『比叡』『秘花』『奇縁まんだら』『死に支度』『わかれ』『求愛』などがある。

句集　ひとり

二〇一七年五月十五日　初版第一刷発行
二〇一八年九月　五　日　初版第八刷発行

著　者　瀬戸内寂聴
発行者　齋藤愼爾
発行所　深夜叢書社
郵便番号一三四―〇〇八七
東京都江戸川区清新町一―一―三四―六〇一
info@shinyasosho.com

印刷・製本　株式会社東京印書館

ISBN978-4-88032-439-5 C0092

瀬戸内寂聴

句集

ひとり

深夜叢書社